KB089651

바람의 이름으로

황금알 시인선 269

바람의 이름으로

초판발행일 | 2023년 6월 7일

지은이 | 김연종 외 한국의사시인회
펴낸곳 | 도서출판 황금알
펴낸이 | 金永馥
주간 | 김영탁
편집실장 | 조경숙
표지디자인 | 칼라박스
주소 | 03088 서울시 종로구 이화장2길 29-3, 104호(동숭동)
전화 | 02)2275-9171
팩스 | 02)2275-9172
이메일 | tibet21@hanmail.net
홈페이지 | http://goldegg21.com
출판등록 | 2003년 03월 26일(제300-2003-230호)

ⓒ2023 한국의사시인회 外 & Gold Egg Publishing Company Printed in Korea
값은 뒤표지에 있습니다.
ISBN 979-11-6815-050-8-03810

바람의 이름으로

한국의사시인회 시집

황금알

| 서문 |

지난 세월을 되돌아봅니다. 이석증, 실어증, 기억상실증…
슬픔이 지나갈 때마다 몸이 말개졌습니다.

역병의 긴 터널을 가까스로 빠져나왔지만 고통의 흔적은 곳
곳에 남아 있습니다. 희망의 불씨가 사라져버린 세상에 어리
석은 믿음을 굳게 간직한 동지들이 다시 모였습니다.

詩가 마음의 안식이 되고 병든 몸을 치유하리라는, 그래서
노래가 되고 춤이 되고 메스가 되어 마침내 희망을 줄 거라는.

모종의 결심을 한 지 10년이 지났습니다. 모종의 실마리가
풀리기를 바라면서 열한 번 째 자리를 펼쳤습니다. 모쪼록 초
심을 향한 맑은 하늘이 독자들께 전달되기를 바랍니다. 기꺼
이 출간을 허락해 준 황금알 출판사에 고마움을 표하며, 귀한
원고를 보내 주신 마종기 시인과 이원로 시인 그리고 옥고를
주신 모든 회원들께 감사드립니다.

2023년 봄
한국의사시인회 회장 김연종

차 례

초대시

마종기
바람의 이름으로

이원로
박수갈채
새

바람의 이름으로

마 종 기

그래, 네 말이 맞다.
나는 내 나라에서 쫓겨 났었다.
다시는 고국에 돌아오지 않겠다고
매 맞으며 각서에 이름까지 썼었다.
그 일도 벌써 60년이 되어온다.

군의관이었던 신나게 젊었던 시절
혁대도 계급장도 구두끈도 다 빼앗기고
헌병 앞에서 수갑 차고 포승에 묶여
쓰레기같이 욕먹으며 산 어두운 감방
거기에는 희망의 끈이 한 줄도 없었다.

준비 없이 스산한 딴 나라에 가서도
더부살이 회초리를 세차게 맞아가면서
혀 빼고 눈감고 살기가 힘이 들었다.
들판 같은 외로움도 온몸을 할퀴었다.
그간에 고운 바람으로 네가 자랐구나.

그래, 네 말이 맞다. 최근에는

죽기 전에 국적 회복을 하고 싶어
이 구청 저 주민 센터에 서류 제출하고
법무부 무슨 국에는 명예를 찾겠다고
내 간절한 이유도 길게 열심히 썼었다.

(살아온 내 한 생을 믿기 힘들어하는
아들은 한국 안과 학회에서 일간
각막 이식의 새 수술법을 소개하려고
외국인 학자로 강연 준비에 바쁜데
강연 중엔 나를 농담으로 언급한다네.)

그래 이젠 한마디 농담으로 끝이 나겠지.
그러나 아들아, 한 가지만은 믿어다오.
나는 절대로 고국에 죄짓지 않았다.
옳은 길을 가야 한다고 믿었을 뿐이다.
내 사랑이 언제나 밝기를 바랐을 뿐이다.

가거든 가슴 펴고 아버지 나라를 즐겨라.
그곳에는 좋은 바람이 많이 분 다더라.

새로 피어나는 고운 꽃도 많이 만나라.
젊은 날 내가 받았던 상처의 미친바람들
믿어라, 그런 회오리는 다시 오지 않는다.

박수갈채 외 1편

이 원 로

저 번개 섬광 보이지
이 천둥소리 들리리
승리의 환호 박수
환희의 완성 갈채

박수갈채는 하늘이 내리는
기쁨의 큰 파동 찬란한 광채
세상을 키워가는 힘의 원천
축복의 선포 열광적 환영이지
어둠을 사르는 생명의 불길
놀라운 성취의 엄숙한 합창이지
슬픔과 신음 아픔과 죽음은
사악한 욕망과 우상과 더불어
박수갈채가 뿜어내는 영광의 빛으로
자취도 없이 녹아 사라져 가리

저 환희의 섬광 보이리
이 열렬한 환호 들리지
누구를 향한 박수인지 알지
무엇을 위한 갈채인지 알리

새

새 한 마리가
꽃가지를 딛고 서 있다
부리는 벌써 꽃을 따 물고 있지

머리를 치켜들고 눈독 들인다
아마도 별을 쪼려나 보다
물은 꽃을 어쩌나 고민 중이리

대망은 참고 기다리는 게임
불굴의 의지가 보장은 아니지만
높이 솟아올라 때를 잡으려나

누구의 새인지
날갯짓 치기 시작이다
마중물을 붓는 거리

한국의사시인회 시인들

김기준

한현수

유　담

홍지헌

김세영

정의홍

김　완

김호준

송명숙

김경수

손경선

김연종

서　화

주영만

최예환

박언휘

권주원

박권수

김승기

조광현

김기준

2016년 『월간시』 등단
시집 『착하고 아름다운, 사람과 사물에 대한 예의』
수중 시집 및 수필집 『그 바닷속 고래상어는 어디로 갔을까』

나는 나의 운명을 사랑한다. 나는 시를 쓰고 부대끼며 그렇게 살기를 소망하는 시인. 그러므로 나는 병듦과 죽음, 다가올 운명을 두려워하거나 거부하지 않는다. 돈과 권력, 명예의 허상을 좇거나 집착하지 않는다. 하늘과 땅, 사람과의 인연을 경외하며 귀하게 여긴다. 탐심과 성냄, 무지의 어리석음을 경계하고 멀리한다. Amor Fati

비누 두 장

여리디여린 당신의 허리춤에 긴 마취침 놓고
두려움에 떨고 있는 당신의 눈을 보며
내가 할 수 있는 건 그저 손잡아주며
괜찮아요
괜찮아요
내가 옆에 있잖아요
그 순한 눈매에 맺혀오는 투명한 이슬방울

산고의 순간은 이토록 무섭고 외로운데
난 그저 초록빛 수술복에 갇힌 마취의사일 뿐일까?
사각사각 살을 찢는 무정한 가위소리
꼭 잡은 우리 손에 힘 더 들어가고
괜찮아요
괜찮아요
내가 옆에 있잖아요
편히 감는 눈동자 속에 언뜻 스쳐 간 엄마의 모습

몇 달 후 찾아와서 부끄러운 듯 내어놓은
황톳빛 비누 두 장

고맙습니다
고맙습니다
우리 아기 먹다 남은 초유로 만든 비누예요
그때
손잡아주시던 때
알러지로 고생한다 하셨잖아요

혼자 남은 연구실에서 한동안 말을 잊었네
기어코 통곡되어 눈물, 콧물 다 쏟았네
고맙습니다
고맙습니다
내가 더 고맙습니다

나의 천사 나의 아가야*

나의 천사
나의 아가야
널 낳을 때, 괴로움 다 잊어버리고
기를 때, 밤낮으로 그리 애를 썼건만
너는 왜 거기
진자리 마른자리 고단한 침대 위에
말도 없이 가만히 누워만 있니**

나의 천사
나의 아가야
이제 겨우 생후 9개월
눈에 넣어도 아프지 않을
내 어여쁜 아가야

눈물도 말라버린 이 어미는
이제
너의 손을 놓으려 한다
천 갈래 만 갈래 찢어지는 가슴으로
이제

너를 보내려 한다

그런데
그것도 모자라
하느님이 주신
네 심장과 폐, 간과 콩팥을 꺼내어
다른 아이에게 주려 한다

나의 천사
나의 아가야
미안하고 미안하고 미안하고 또 미안하고
고맙고 또 고맙다
나의 보배, 나의 전부, 나의 분신, 나의 천사여

그러나
나의 천사
나의 아가야
이제
우리 서러워 말자

너로 하여 다른 생명들이 다시 살 수 있다면
너로 하여 다른 어미들의 눈물이 마를 수 있다면
너에게는 또 다른 형제들이 생기는 것이고
나에게는 또 다른 너가 생기는 것이니까

이제는
푹 쉬려마
이 모질고 못난
어미의 품을 떠나
다시는 아픔이 없고, 눈물이 없는
우리 곧 만날 그곳에서
아가, 잘 자거라

나의 천사
나의 아가야

* 뇌사 상태로 고생하다, 모든 것 다 내어주고 떠난, 한 어린 영혼에게
  바칩니다. 하늘로 돌아가 다시는 아프지 말라고 그렇게 기원해봅니다.
** 내 마음 둘 곳 없어, 엄마의 마음에 들어가고 싶어, 양주동 님의 "어
  머니의 마음" 노래를 일부 빌려 왔습니다.

이 눈물의 의미

수술을 위해
마취준비실에 들어오면
누구나 다 눈시울이 붉어진다
가슴이 뛰는 소리가
천장을 울린다
아마도
죽음을 기다리는
사형수의 심정이 이러하리라

분주히 움직이는 의료진 사이로
사뭇 흐르는 긴장감

말 못 하는 갓난쟁이의 본능적인 울음소리에
곱게 화장한 처녀 아이도
근육질의 헌칠한 총각 아이도
입 굳게 다문 중년의 아저씨, 아주머니도
머리 하얀 할아버지, 할머니도
천장만을 응시하다
호수처럼 눈물 고인

순박한 눈 꼬옥 감는다

어찌해 볼 수도 없이
엄습해 오는 공포, 이 떨림

하필 내가 왜
원망도 들 것이며
좀 더 잘해줄 걸
회한도 들 것이며
앞으로는 이렇게 살아야지
다짐도 할 것이고
부끄럽고 초췌한 마음
여기저기 빌어도 볼 것이다

이렇게
우리 모두는
운명 앞에
홀로 마주 서면
착한 아이가 된다

그렇게
착한 눈물을 흘리게 된다

그걸 통해
착하고 아름다운 관계에 대하여
추억에 대하여
삶에 대하여
죽음에 대하여
내면의 소리에 비로소 귀를 기울이게 된다

이것이 바로 '이 눈물의 의미'이다

한현수

2008년 시집 『내 마음의 숲』을 발표하며 작품 활동 시작

2012년 『발견』 등단

시집 『오래된 말』 『기다리는 게 버릇이 되었다』 『눈물만큼의 이름』

시편 묵상시집 『그가 들으시니』

아닌 듯 올라와 꽃봉오리 여미듯

피거라, 사랑아

한 걸음씩 오거라

안아보고 싶다

처방을 베끼다

장청순, 그녀는 의사다. 할머니 의사다. 그녀는 오래전의 처방을 꺼내 쓰는 의사가 아니다. 그녀는 새로운 처방을 원한다. 처방을 단련하는 장소에 그녀는 나무처럼 늘 있었다. 누구보다 먼저 와있었다. 그녀의 처방은 오랫동안 들으면서 만들어진다. 그녀의 처방은 나뭇가지에 돋는 푸른 잎과 같다. 그녀가 아파서 쉬는 날, 난 환자가 건네는 그녀의 푸른 잎을 만져보았다. "똑같이 처방해주세요!" 어느 날 그녀의 처방이 코로나로 멈추었다. 이제 잎을 내지 않는 나무, 아흔이 되도록 하얀 가운이 수의가 되는지도 모르고 수도사처럼 세상에 처방을 내리던 나무, 죽어서도 하얗게 서 있는 나무, 난 그녀를 자작나무라고 생각했다. 그녀와 한동네에 지내면서 말한마디 섞지 못했다. 하얀 자작나무 숲에 가면 이유도 없이 말이 없어지는 것처럼 그녀와 마주치면 눈인사만 했다. 난 그녀를 처방전으로 이해했다. 처방은 그녀의 몸만큼 가볍다. 비밀이 없고 누구나 이해할 수 있는 이야기다. 단정하게 경청하는 모습 그대로 처방에 스며 있다. 오랫동안 단련된 처방, 그건 자신이 복용하는 것처럼 과하지 않다. 과신하지도 않고 유혹에도 흔들리지 않는 자작나무의 숨결이다. 환자들은 안다. 그녀의 처방을 삶의 책갈피처럼 간직해야 한다는 것을. 그래서 고인의 원본 그대로 처방해 달라는 주문을 고수한다. 의사들은 안다. 조금만 고집이 있어도 안다. 낯선 처방전을 옮겨 적는 일이 곤혹스럽다는 것을. 그러나 그녀의 것은 아니다. 오히려 반갑다. 자작나무가 남긴 푸른 잎이니까.

뒤늦게 그녀에게 말을 건다.

꿀꺽

곱기 끊었던 늙으신 어머니가 꿀꺽, 어렵게 죽 한술 넘기시는데요 어머니는 표정 없이 빈 수저만 바라보고요 막내딸 얼굴에 꽃봉오리 눈물지는데요 꿀꺽, 소리는 귀에서 쉬 비워질 것 같지 않습니다

어머니 엉덩이에서도 오랜만이야 인사말처럼 꿀꺽, 노랑꽃 피는데요 고개 하나 넘어가셨네요 어머니에게 봄이 왔나 봐요 꿀꺽, 병실 유리창에 산수유꽃이 부끄럽게 흐드러집니다

빈래소귀*

아픔 하나씩 가지고 와서 글씨를 읽는다

빈顰, 첫 글씨가 너무 어렵다고 글씨처럼 찡그리는 모습을 보다가

어느 서예가가 세상을 뜨기 전 흙빛 목판에 풀씨처럼 글씨를 새겼다는 것과 그것이 진료실에 걸리게 된 사연을 이야기하다가

의사가 먼저 웃는다

풀꽃처럼 자라나는 글씨, 마지막까지 한 번이라도 더 웃으려던 고인의 마음이 느껴지는 것이어서

목판에 눈길을 주는 젊은이는 없고 글의 씨앗을 얻어 가는 것은 죽음과 가까운 사람들뿐이어서

소리 내어 읽으며 웃음을 주문하는 동안 찡그리고 있는 혀가 움직이는 것이어서

* 빈래소귀顰來笑歸: 찡그리고 왔다가 웃으며 돌아간다

유담

2013년 『문학청춘』 등단
시집 『가라앉지 못한 말들』 『두근거리는 지금』
산문집 『늙음 오디세이아』
의학과 문학 접경 연구소 소장

'눈 감는다.'라는 말이 '못 본 체한다.'라는 말과 같은 말일까. 여기까지 몸과 마음 지치도록 뛰고 달려오며, 모르는 체한 사람과 일들이 길 위에 먼 길 나그네 발처럼 수북이 쌓여 있다. 번개에 데이고, 천둥에 놀란 채.

눈 감고 걸어간다

누가 볼까,
두리번거린 횟수만큼
안 보는 사이에 자란다는 말에
응답할 수 없다면
잘못 보는 진실보다 안보는 궁금이 더 또렷해
눈 감고 걸어간다

흘레바람 오늘처럼
뜨거운 비로 쏟아져
겨울 들녘 남겨진 이밥처럼 얼어붙은 눈덩이
얼얼하게 발밑으로 스며들 즈음

장딴지가 곤하고
맨발이 부르트도록
온몸에 돋은 눈동자들
허공으로 흩어도

웃자란 궁금의 우듬지에
점점이
발아하는 시력을 보라

불면

내 생애 가장 목마른 시간이었다

그날은 일상도 꽤 괜찮아 해가 지고 나서야 달이 떴다
어둠도 순서를 순순히 지켰다

거친 손등이 침상에 올려지고
굳은살의 관성은 요 위를 오갔다
하루 마실 양만큼 축축한 밤의 껍질들
손등에 엊어 그 습기를 살갗 속으로
밤은 보습에 충실했고

한 겹의 이불에 덮인 허술한 증발이
문득 어둠의 기척 속으로 빠져드는
영상에서 가까스로 건져낸
시력 한 쌍

한 쌍의 시력이 훑고 남은
이제 건초처럼 말라버린 눈꺼풀에
해 뜨고 달 뜨는 소리

흙을 두들겨 꽃 피우는 소리
구름 짓눌러 낙엽 내리는 소리
그 소리에 이름을 붙여
그 이름에 영상을 심어
심지어 위대한 생각을 덧대어
어둠 속을 서성거리며
서로 이름만 불러

건초처럼 말려낸 밤이 두리번거리며
새벽으로 쓸려가는 건조에 잠눈을 붙여
출렁대는 자리끼
관성처럼 엎지른 적이 있다

새벽 눈 뜨기

무엇이 보일까
자리끼 건너온 새벽 창을 연다
공중으로 뛰어들어
자맥질로 건져 올린
동살 잡히는 동녘이란 동녘은 죄다
눈 속에 모은다

보이는 게 보는 거라는 믿음으로
무게를 달고 있는 눈꺼풀
온도를 품고 있는 눈초리
보이는 사연마다
동공에서 캐어낸 초점들
하루의 눈길을 좇을 때
우레 울고 번개 치며 싹을 틔워
제 이름조차 흐릿한 시력 한 움큼
야위어가다 사연에 도리어 눈이 시려
부옇게 서리는 창 속으로
속으로 피멍처럼 스며들어
이름 하나 또렷할 무엇이 보일까,

갈증 한 줌
자리끼에 섞는다

홍지헌

2011년 『문학청춘』 등단

시집 『나는 없네』 『자작나무는 하염없이 하얗게』

현재 서울 강서구 연세이비인후과 원장

사람들의 뒷모습이 눈에 밟힌다.

나도 저렇게 보이겠지.

누가 먼저 밀었을까

불만에 찬 환자가 오면
마음이 삐그덕거린다
선한 의지가 뻑뻑한 문을 열고
나가기 때문이라 생각하지만
환자는 반대로 주장할지도 모른다.

작용 반작용 심리의 물리학
누가 먼저 밀었을까?

자석의 같은 극처럼
서로 밀어버린 것인지
밀어내는 반작용만 느낀 것인지
심리의 물리학은
심리적으로 물리적으로 어렵다.

때죽나무 마음

나는 다섯 갈래 꽃잎이야
다섯을 보여주는
아가의 작은 손바닥을 닮은
때죽나무 꽃잎들
나무 그늘 아래 하얗게 모여 있다.

아주 가끔
네 손가락, 여섯 손가락을 보여주기도 하여
때죽나무 가지는
엄마 마음으로 늘 흔들리지만
바람결에 꽃향기는 오히려 은은하다.

슬퍼도 당당히 퍼지는
당신의 향기가 옳다고
주변의 나무들 모두 고개를 끄덕인다
멀리서
산비둘기 소리 구구구 들려온다.

뒷모습

개화산 둘레길 따라
아침 산책하는 노인들
천천히 걷는 뒷모습이
먼지 앉은 개화산 나무들 같다.
느린 걸음으로
나도 같은 방향으로 걷고 있는데
빨리 다가오는 인기척 느껴진다.
분명 젊은이겠지만
그가 향하는 방향도 같다.
뒤돌아볼까 말까
돌아보아도 볼 수 없는 나의 뒷모습
그가 보고 있을 것이다.

김세영

2007년 「미네르바」 등단

시전문지 『포에트리 슬램』 편집인

시집 『하늘거미집』 외 3권, 디카시집 『눈과 심장』

제 9회 미네르바 문학상, 14회 한국문협 작가상

육신이 죽으면 물질의 기본 단위인 입자로 환원이 되듯이, 영혼은 영성의 기본 단위인 모나드로 영성세계로 환원된다고 믿는다. 입자에 파동의 속성이 내재 되어 있듯이, 기氣에 리理가 내재 되어 있다. 더 나아가서 물질의 우주 세계에는 영성의 우주 세계가 내재 되어 있다고 믿는다. 이 힘이, 이 마음[理]이 우주의 섭리라고 흔히 표현하는 우주의 현상에 내재하는 창의적인 원리이며, 우주의 정신, 우주의 혼이라고 부를 수 있을 것이다. 이러한 우주의 리, 영혼을 인식하고, 우주의 비의, 내밀한 순리의 이야기를 표현한 시가 바로 우주 영성시이다.

거듭나기

수상돌기*에 붙어사는 환생의 뿌리혹들,
히드라**처럼 다중의 생을 품고 살아
머리통을 옥죄는 데자뷰의 덩굴들

때때로 군발성 두통으로
불면의 덫에 갇힌다

그럴 때마다 별자리 속으로 가지 친
굿바위 산의 당산나무 밑에 선다

바오밥 나무가 된 듯
머리카락이 신경다발처럼 곧추선다

북극성에서 방출한 혼령의 빛이
오로라처럼 이마에 쏟아져 내린다
자이러스***의 레지스트리****에 기생하는
악령을 제거하고 최적화시킨다

아득한 시공간 너머로부터

양자도약量子跳躍으로 다가온
새로운 생의 기파 마디들을
방전된 우주선을 공중 충전하듯
정수리 천문으로 주입시킨다

가끔씩,
새로운 아침에 일어나
낯선 듯한 거울 속의 모습을 보면서
타인 같은 나를 탈감작*****시킨다.

아침 신문처럼
또 하루의 이야기를 써보자고.

* 樹狀突起: 신경전달 물질을 받아들이는 신경세포의 머리 부분의 돌기.
** hydra: 그리스신화에 나오는 머리가 여러 개인 괴물 뱀.
*** gyrus: 뇌회腦回, 대뇌의 표면에서 밭의 이랑이나 둑처럼 솟은 부분.
**** registry: 윈도우 시스템에서 사용하는 시스템 구성정보를 저장한
　　　　　데이터베이스이다.
***** 脫感作: 어떤 항원에 대하여 과민 상태에 있는 개체의 과민성을
　　　　　없애는 처치.

소요유 逍遙遊

알을 깨고 나온 누에의 몸털처럼 보드랍게
갓 우화한 어린 날개의 깃털처럼 가볍게

대숲을 빠져나온 바람처럼 자유롭게
한바탕 울음을 쏟은 구름처럼 홀가분하게

별들의 소리가 선명해지는
자정의 몽유자처럼
꿈꾸며 노닐자

육신의 틀을 벗은 혼령처럼
입자의 틀을 벗은 파동처럼
시공의 틀을 벗은 양자처럼

달을 품은 백학의 날개처럼
춤추며 노닐자.

외치*의 꿈

5300년간 결빙의 잠에서 깨어난 그,

조상의 오랜 믿음 대로
썩지 않는 육신과 소멸하지 않는 혼령,
그 증거물을 보여주고 싶었다
61가지의 문신을 새긴
멋진 몸틀을 보여주고 싶었다

몸 조각들이, 피톨들이
종자 씨앗이 되는
몸틀의 부활을 꿈꾸었다

질투의 돌화살에 박힌
왼쪽 어깨 상처의 통증을 견디며
인연의 끈을 잡고서, 부활을 꿈꾸며
핏자국을 남기며, 동면하는 곰처럼
빙하의 골짜기로 올라갔었다

설산에 별빛 총총히 박히는 밤에는

결빙의 속박에서 벗어난 혼령이
알프스 산장을 감싸고 내려와서
산기슭 아래,
볼차노 박물관** 냉동실 천장을
인광의 기파가 감싸고 있다

그런 날에는,
새 몸틀을 입고 와서
냉동실의 시린 유리 창문에 다가서는 사람,
따뜻한 피톨의 손바닥으로 어루만지며
빙판에 새겨진 외치의 증언을 되뇌는 사람

새롭게 환생한,
길거리에서 어깨 부딪히는
이웃 같은 그를 볼 수 있다.

* 이탈리아−오스트리아 국경 사이, 알프스산맥의 외츠 계곡에서 발견
   된. 약 5300년 전(청동기 초기) 중년 남성의 자연 냉동 미라.
** 이탈리아 북부 볼차노에 있는 외치 아이스맨의 박물관.

정의홍

강원도 강릉 출생. 서울의대 졸
2011년 『시와시학』 등단
시집 『천국아파트』 『북한산 바위』 『꽃씨를 심으며』
한국시인협회 회원
2014년 강릉으로 귀향. 현 솔빛안과 원장

시험 준비는 전혀 되어 있지 않은데
힘든 시험을 치러야 하는 막막함
지금까지도 이런 악몽을 자주 꾼다.
가야 할 길이 아득하구나.

백아도*

어스름 붉은 바다, 그 속에
상어 이빨 같은 섬 하나 떠 있네
하루를 가로질러 건너온 해는
억만년 이곳에 돌아와 잠드는데
세상 모든 계절이 시들고 나면
마침내 돌아가는 고향, 서쪽 바다
나 떠나야 하네 그곳으로
어깨 위에 비켜 앉는 노을마저 털어내고
빈 몸 하나로 가야 하네
하늘과 바다가 한 몸이 되어
바람 소리 푸르게 출렁거리다가
구름이 수천 번 휘몰아 가고
깎아 세운 절벽에 세월이 새겨지면
바다갈매기 대대손손 그 위에 집을 짓고
검은 바다 수평선 위로 목성이 불을 켜면
은하수 밤새도록 얼굴을 내미는 곳
나 그곳으로 떠나야 하네
섬소사나무 원시림을 지나
인적 없는 처녀 숲길 헤치고 나면

돌연 천지사방 푸르름으로 망망하여
마음에 낀 얼룩 모두 씻어내고
빈 마음만 한가득 남겨 놓으려
나 이제 그 섬으로 가야만 하네

* 덕적군도 서남쪽에 위치한 작은 섬으로 인천항에서 약 3시간 배를 타
  야 가 닿을 수 있다.

황태

쓸개와 내장은 이미 내다 버렸다
몸엔 숭숭 바람길을 내놓고
한겨울 넘나드는 칼바람으로
한 생을 얼리고 녹일 적마다
바다 밑 시절 인연들과
부질없던 세상사 모두
함께 얼고 녹는데
말라버린 육신에 한 줌 영혼보다
더 가벼운 뼈만 남으면
여여하게 빈 눈에
긴긴밤 달빛과 고요만을 채워
마침내 그대 부처가 되려는가
황태여

빈집

집주인이 떠난 줄
어찌 알았을까
온 가족 모여 앉아
모깃불 피우던 여름날 속으로
잡초와 거미들은 어디서 엿보다
와 하고 몰려나왔을까
누렁이 닭 쫓던 소리
정지 밖 찰랑거리던 우물
소갈비 태우던 아궁이와 밥 냄새도
묵은 세월을 뒤집어쓰고
긴 잠에 빠진 집
홀로 깨어난 매화나무 가지에
어딘가 남아있던 아이들 웃음소리가
사롱사롱 꽃으로 매달리는 봄날
빈 마당에 찾아온 햇살이
종일 혼자 놀고 있다

김완

2009년 『시와시학』 등단

시집 『지상의 말들』 『바닷속에는 별들이 산다』 『너덜겅 편지』 등

2018년 제4회 송수권 시문학상 남도 시인상 수상

현재 김완 혈심내과 원장

힘들고 아프다고 외롭다고 징징대지 말자

던지지 않는 돌은 그저 발아래 있을 뿐

살아있는 모든 존재는 본래 혼자일 뿐이다

선암사, 꽃의 시간

간발의 차이로 대선 승부가 갈리고 촛불을 들었던 우리는 모두 우울증에 빠졌다 이기고 지는 역사에 대해 생각하다가 선암사 선암매에게 물어보기로 했다 오랜 가뭄과 경북 울진 산불에 비가 억수처럼 내리면 좋을 텐데 두 계절이 공존하는 가로수 나무들 가지가지마다 물방울 꽃 달고 서 있다

어느새 어린나무들은 요 며칠 따뜻한 기온에 꽃을 활짝 피웠다 육백 살 허리 굽은 선암매, 한번 피면 하룻밤 비바람에 곧 져야 함을 아는 청매 홍매는 꽃망울에 물방울 꽃을 매달고 아직 제 꽃의 시간을 기다리고 있다 나무마다 생각이 다르고 꽃이 피는 시간이 다르고 역사에 대한 답도 다르구나

야생 찻집으로 넘어가는 산길이 호젓하다 환한 대나무 숲을 지나니 어두운 편백나무 숲이 나온다 인적 드문 외진 산모퉁이 복수초, 할미꽃 피어 있다 어둠은 가까이 있고 빛은 멀리 있다 모든 것은 부조리하다 보이는 것에 너무 집착하지 마라 눈에 보이는 것 뒤에는 보이지 않는 더 아름다운 것들이 숨어 있다

청진기

환자에게 따뜻한 손
자주 내밀겠습니다

환자가 하는 말
경청하겠습니다

하고 싶으나 하지 못한 말
너머까지 헤아리겠습니다

고통에 대한 두려움
잘 살펴보겠습니다

마음의 색맹에 빠지지 않도록

환자에게 따뜻한 손
더 자주 내밀겠습니다

인사동 옥정에서 선배 시인을 만나다

　토요일 진료를 서둘러 마감하고 KTX를 타기 위해 광주송정역에 갔다 주차장이 만원이라 불편하지만 역과 조금 떨어진 뒤편 제3 주차장에 차를 주차하고 역까지 10분 정도 걸어서 갔다 '차를 타되 목적지에 조금 떨어진 곳에 주차 후 조금이라도 걸어다니'라고 환자들에게 말했던 것을 스스로 실천한 셈이다 역내에서 파는 멸치국수에 광주를 상징하는 주먹밥을 곁들어 시장을 반찬 삼아 달게 먹었다 서둘러 온 탓인지 시간이 있어 땀에 젖은 마음을 식히려 아이스커피를 사 마셨다

　나는 오랜만에 열차를 타고 애증으로 점철된 이 나라 가을 들판 하늘과 강물을 보고 싶은데 앞자리의 젊은 여자는 머리를 숙이고 휴대폰에서 영화를 보는지 함께 사용하는 커튼을 자꾸 내린다 밖을 볼 수 없으니 마음이 어두워지면서 가슴이 답답해진다 정읍을 지나며 연락이 두절된 주영국 시인의 시 「정읍 지나며」의 한 구절을 떠올린다 "열차도 정읍 지나 청죽의 마디 같은/ 칸칸의 희망을 달고 서울로 가고" 있는지 물어본다 더 깊은 어둠 터널을 여럿 지나고 잠을 청해보기도 하다가 눈을 감고

오늘의 시를 생각한다

　한국의사시인회 고문인 마종기 시인을 인사동 옥정에 초청하여 간담회를 가지는 날이다 머나먼 타국에서 '안 보이는 나라의 사랑'과 '모국어에 대한 진한 그리움'을 노래한 선배 시인을 만나는 날, 한국의사시인회 창립 10주년 가을이었다 3년 가까운 코로나의 단절과 고립에서 벗어나 입과 얼굴을 가린 마스크의 답답함을 벗고 인사동은 사람들로 뒤엉긴 채 부글부글 들끓고 있었다 낯익은 종로구 인사동12길 골목에도 사람들로 만개한 요란한 가을이 보였다

　겨우 시간에 늦지 않게 도착하여 선배 시인을 만났다 책에서 본 인상 그대로인 정정한 모습 후배들을 대하며 일일이 눈을 맞추며 이름을 메모하는 한 사람씩 다정하게 호명하며 사진을 찍어 주시는 향년 83세인 노 시인의 겸손함이 그대로 전달되어 온다 최근에 발표한 시 3편 「혼자 쓰는 방」, 「아침의 발견」, 「겨울의 응답」을 인쇄해 오셔서 직접 낭송하신다 선배 시인에 대한 답사로 후배

시인인 홍지헌 회장의 시 「오늘은 비가 와서」, 「마중」을
서홍관 시인이 읽었다 시로 맺어진 인연 아름다운 시의
향연이다

김호준

2014년 『시와사상』 등단
시집 『너의 심장을 열어보고 싶은』
현재 구리나눔정신건강의학과의원 전문의로 근무 중

색다른 일이 없다.
벌써, 변화를 두려워하게 된 걸까?
익숙함으로 길들고 있다.
모두 무탈하게 한 해를 보냈으면 좋겠다.
일상에 감사하고 싶다.

불꽃

천천히 불가로 걸어 나갔다. 활활 타오르는 불꽃. 내가 이걸 이렇게나 잘 만들었구나. 덩실덩실 춤을 췄다. 정말 뿌듯했거든. 누구 보라는 듯 만든 무대였을 것이다. 등대 아래에서 내가 닮고 싶었던 구원자를 기다리는 것 같다. 이른 나이 시작한 담배에도 불을 붙였다. 담배 연기가 퍼져 나갈 무렵 또래들과의 대결도 시작되었다. 누구 오줌발이 제일 센가. 누가 더 멀리 나가는가. 그래, 소년은 경쟁하면서 크지, 커지지. 누구든 거기서 뒤지면 사랑과 관심에서 멀어지고 혼자가 편해지는 나이를 먹곤 하지. 결국은 자기가 제일 편해지는 순간이 오겠지. 이제는 비겁하게 성인이 되었으니 거리에서 시원하게 방뇨하자. 꺼지지 않는 불 속에 강아지 한 마리 보였다. 어디에선가 자주 마주쳤던 녀석, 기억을 더듬어봐도 이름이 떠오르지는 않았다. 끝내 구원자는 도착하지 않았지.

꿈 바깥에서, 우리 집 거실 전등이 말썽이었다. 전선이 말을 듣지 않는, 점멸등이 다 되었다. 결국, 기술자를 불러 수리를 맡겼다. 멀쩡해진 전등을 물끄러미 바라보았다. 등 하나 제대로 고치지 못하는 내가 천장 아래 말 없이 누워만 있었다.

히스테리

애팔래치아 산맥 고지를 오르는 데 드는 숨소리, 정신마저 까마득해졌다. 어지럼증이 속을 참 많이도 썩였나보다. 나날이 건망증이 도져서, 이토록 고된 하루 통째로 들어내는 편이 좋겠다. 그런 발작들이 바람처럼 지역에 창궐했을 때 아무도 저항하지 않던 사람들, 누군가의 아픔을 헤아리지 못한다는 것은 내면에 가득 찬 두려움 때문이겠지. 분노하지 않는다는 것은 편안함이라는 무력감 때문이겠지. 손과 발을 자유자재로 움직이지 못할 때까지 오감이 멎을 때까지 기념사진 속 멈춰있는 기억처럼 고행자의 휴식처럼 또 하나의 그런 문화 때문이겠지. 주어진 운명을 거스르지 않는다는 전통이 이 마을에 내려오고 있다는 말을 주민에게서 들었다. 그때, 어떤 생이든 질병처럼 느껴졌다. 우리는 걸음을 멈추고 산장에 들어앉아 벽난로부터 지폈다. 차향(茶香)에는 군말이 없었다.

탑정호에 묻다

당신은 알지 못하겠지만
나의 소매 한 축이 어제보다 닳아 있는 것은
거세게 흐르는 그림자 그 외연의 물살 때문이다
파랑의 향방이란 능히 수평이어서
다른 생이 차곡차곡 개어놓은 언약이기도 하다

누군가는 바다라고 불렀을 이 자리
허연 관절마다 꺾어놓은 물소리 시들 때
가장자리 능선에는 피지 못한 나의 주검들이
머물러 있다

탑정호에도 섬은 있다
붉게 타오르는 녹을 쬐느라 구부러진 철제 대문
그런 속죄의 마음으로 며칠이나 두 손 모았을

바다로 향하는 사람이 있다
가녀린 낚싯대의 말미에 뿌연 연기만 자욱하다
장맛비가 파도의 사연을 달래고 있다지만
수직으로서는 결코 다가설 수 없는 바다가 움푹 파고

들고 있다

　오래된 물가에서는 어김없이 빗나간다
　기울어진 한쪽 팔이 주워온
　헝클어진 흰옷 한 벌과 구멍 난 구두 한 켤레

　잠시 눈을 붙여도 바닷물고기 차오르지 않으니
　결국 나는 이 문턱을 넘어서지 못할 것이다
　아무려면 나에게는 모든 자격이
　부족함이다

송명숙

2019년 『시와세계』 등단

시집 『투명한 진료실』

소아과 전문의 아이편한 소아청소년과의원 원장

가뭄 끝 단비는 꽃비가 되고

아직은 벗지 못한 마스크로

사화집을 정리하는

4월의 츄파춥스

수다

"큰 눈이 오려나 봐? 바람이 불어."

창문을 연다 눈이 보이는 그는

"눈이 올까?"

빈 잔이 말을 거는군

바나나가 걸쳐 있고, 크림색 치즈가
빈 잔에 가득하고 눈에 담긴 맑음이
발렌타인을 고르네

"그러게, 뭘 했나?"
눈들이 모여 앉아 수다한다
"주말에 무얼 할까?"
붉은 와인을 담은 사또는 통 크게 웃고
하얀 색깔의 화요는 쫑알거리네

토요 美食會

시간이 떨어져요, 똑똑똑 달력이 봅니다

약속들이 피어난다 허공에 묶어둔 나침판에

시집봉투는 이름들을 꺼내 들고 포켓에서

분침과 초침을 조각합니다 나이가

여문 50대와 각진 20대의 연대기가

장미향을 잉태합니다 L을 마중하는 봄날이

K도 Y도 보는 발자국마다 꽃피어 올 때

무게

출입문이 열린다 스마트 폰이 비켜서고 등고선 높은 배
내민 중년의 휘청거리는 출근길이 헛발을 디딘다

기차가 출렁이고 강을 건너고 땅을 뚫고 유리창에
프린트된 롯데타워를 지우고 화장을 고치는 빌딩들

많은 사람을 토해낸다 다시 받아먹는 자동문이
타지 못한 숨소리와 사람의 한숨을 녹음한다

김경수

1993년 『현대시』 등단
시집 『편지와 물고기』 『산 속 찻집 카페에 안개가 산다』
『달리의 추억』 『목숨보다 소중한 사랑』 『다른 시각에서 보다』 등,
문학 · 문예사조 이론서 『알기 쉬운 문예사조와 현대시』
계간 시와사상 발행인
부산 김경수내과의원 원장

「문장이 나를 쓴다」라는 시는 포스트모던한 해체 기법을 사용한 시이다. 즉 현실에서는 나라는 주체가 문장을 쓴다. 그런데 주체를 나에게서 문장으로 바꾸어 문장이 상상하고 나에 대해 글을 쓰는 것으로 상상해 본다. 「침묵이 필요해」라는 시는 침묵을 의인화하여 세상에서 들리는 온갖 비상식적이고 비합리적인 일들에 실망하고 침묵을 선택한다. 그러한 침묵이 오히려 더 아름다운 것이다. 「노래하는 일기장」에서는 일기장에 우리가 쓸 수 있는 것들을 상상해 보았다. 꽃들의 중얼거림, 영원한 사랑과 맹세의 부재不在와 인간관계에서의 믿음의 배신에 대한 서글픔 등을.

문장이 나를 쓴다

나는 앉아있다.
문장이 앉아있는 나를 쓴다.
문장과 문장 사이에 바람이 분다.
문장이 쓰는 단어는 뒤죽박죽이다.
내가 어떤 문장도 떠올리지 못할 때
문장이 나의 내면을 쓴다.
낙타가 사막을 횡단한다.
사막에 꽃이 만발한다.
발 없는 꽃들이 뛰어다녀도
나는 계속 앉아있고
나의 머릿속은 비워져 간다.
펜이 종이 위에 문장을 쓰고
문장이 나를 묘사한다.
커피잔에는 커피는 없고 겨울이 있다.
커피잔에도 봄은 올 것이고
사랑하는 사람도 찾아올 것이다.
홀로 남은 자에겐 어떤 중얼거림도 다정하고 따뜻하다.
거센 바람이 불어 앉아있는 나는 흔들리고
문장이 나를 바라보며 나를 그린다.

검은 구름처럼 저녁이 왔고
공중전화와 우체통이 점점 사라지는 거리에
무인판매점과 현금 자동인출기만 늘어간다.
태어남도 던져지고 죽음도 던져진다고
책상 위에 놓인 편지에 쓰다가 만 시詩가
저녁 늦게까지 나를 기다린다.
다락방이 우유를 마시고
눈송이 떼가 푸른 코끼리들을 몰고 온다.

침묵이 필요해

침묵은 아름답다.
밤의 속살을 보여주기 때문이다.
침묵 앞에서 아이스크림을 생각하고
침묵 앞에서 따뜻한 커피를 마신다.
침묵을 감싸고도는 음악은 화사하다.
집 안에는 낯익은 구름이 떠 있고
당신과의 대화는 장엄한 음악이 되고 있다.
집안의 불을 켜자
당신은 없고 당신의 흔적만이 앉아있다.
아직 태어나지 않은 침묵을 위해
강물이 너에게로 흘러가게 한다.
나무의 이파리도 침묵을 안고 있고
바람이 불면 북소리를 낸다.
의자에 앉아 침묵을 소재로 글을 쓴다.
순간과 순간 사이에 침묵이 앉아있고
침묵이 펜으로 소음_{騷音}의 얼굴을 그린다.
소음이 소란스러운 몸짓을 하지만
첨밀밀*이라는 영화를 보며 우리가 실제로 사랑한 것은
여자 주인공 장만옥의 말 없는 슬픈 표정 연기와 이미

지이다.

　결국 진실한 사랑과는 헤어질 수 없다.

　펄럭이는 깃발도 침묵으로 이야기를 전한다.

　풀잎에 자서전을 남기던 순교자도 침묵을 사랑했다.

　응시하는 침묵이 흘러가는 침묵보다 무겁다.

　분노를 배경으로 침묵이 돌아앉아 있기도 하지만

　세상은 폭력 같은 소음으로 가득하다.

* 첨밀밀: 중국에서 홍콩으로 건너와 외롭게 지내던 두 남녀가 공통적으로 대만 가수 등려군을 좋아했는데 10년 동안 편한 친구 관계로 동고동락을 한 후 피치 못할 사정으로 헤어졌으나 결국 그들의 관계가 진실한 사랑이었던 것을 깨닫고 기적적으로 다시 만나 다시 사랑한다는 1997년에 개봉한 홍콩 영화.

노래하는 일기장

창밖을 응시하던 맹세盟誓가 찾아와 일기장을 건네준다.
일기장은 노래하는 새이기도 하고
붉은 저녁노을이기도 하다.
일기장 속에서는
앙상한 나뭇가지에서 멍이 든 바람의 신음 소리가 들
린다.
풀잎들의 역사가 있고
방황하던 꽃들의 중얼거림도 있다.
일기장 속에 썼던 "나를 사랑한다"라는 문장이 떠나간
다.
맹세가 주절거리며 나를 사랑한다고 했지만
믿음은 맹세를 데리고 떠나간다.
믿음이 나를 영원히 사랑한다고 했다.
사랑이 믿음을 믿는다고 했지만
일기장 속에 사랑이라고 썼지만
사랑을 믿지 않는다.
애초에 사랑은 없었다.
사랑은 실패하는 것이라고 믿는다.
결국 믿음도 맹세도 필요 없다고 믿는다.

사람들과의 사이에는 영원함이란 없다.

해가 넘어간 서산西山은 활짝 다 피었다가 떨어지는 벚꽃잎이다.

일어서다 부서져 내리는 파도를 보며 서 있는 환상의 역이다.

해가 사라지자 산 밑의 사람의 집들이 어두워진다.

일기장 속에서 자고 있던 한 여자에게 입맞춤하지만

사랑을 데리고 온 믿음이 맹세를 끌고 온 사랑이

일기장에서 모두 지워진다.

손경선

2016년 『시와정신』 등단
시집 『외마디 경전』 『해거름의 세상은 둥글다』 『꽃밭 말씀』
『당신만 몰랐다』
2015년 제14회 웅진문학상 수상
현재 손경선내과 원장

평생 걷던 길에서 벗어나
수시로 일탈을 꿈꾸었으나
돌아보니 매양 같은 길
부끄러움만이 온통 나의 몫
꽃은 언제나 피려는지, 피긴 하려는지.

가족 관계 등록부

산 사람을 위한
아직은 산 사람의 전출입 신고

매일매일이 부활절 아침
붉은 줄은 아직 그려지지 않았다

멀찍이 서서 말없이 한숨짓는 아들
서성이며 틈틈이 휴대폰을 만지작거리는 며느리
바싹 옆에 붙어서 붉은 눈으로 다리를 주무르는 딸
어색하게 서 있다 화장실을 자주 찾는 사위
그리고 돌아가라고 연신 내젓는 앙상한 손짓

머무는 거리로 드러나는 가족 사이의 관계

'효'요양병원에서 바라본
가족 관계 등록부다.

중독

종일 나무에 매달려 자는 코알라는
게으른 것이 아니다

밥으로 먹는 유칼립투스 잎의 독성으로 인해
잠에 취해 있는 것이다

나는 어떤 독성의 밥을 먹고 살기에
쉬지 않고 앞만 보고 달리는 것인가.

뒷고기

맛있는 고깃집을 알았으니 밥 한번 먹자는
친구 따라간 식당
뒤로 몰래 빼돌린 뒷고기
살코기에 딸린 내장, 껍데기 등의 부속 고기
차림표의 주메뉴다

살아생전 당당한 생명체의 일부분을
부정不正한 거래의 산물이나 기계의 부속으로 부르다니
인심 한번 고약하다

세상의 촘촘한 그물에서 뒷구멍으로 빠져나와
술 한 잔, 고기 한 점과의 뒷거래로
하루의 노고를 풀어헤치며 땀 냄새를 씻다가
뒷소리로 세상을 함께 씹어 삼키는 사람들
미처 갈지 못한 잘근거리던 소리는
휘청거리는 허공에 걸어둔다.
필요할 때 찾는
쓰임새에 딱 맞는 기계의 부속처럼
세상살이 어딘가에는 꼭 필요로 하는

크지도 작지도 않은 사람들
검게 탄 뒷고기 몇 점 숯덩이로 가슴에 품고
비틀거리며 집으로 간다

날마다 부스스한 얼굴들은 달라져도
메뉴는 뒷고기, 부속 고기 변함없다.

김연종

2004년 『문학과경계』 등단
시집 『극락강역』 『히스테리증 히포크라테스』 『청진기 가라사대』
산문집 『닥터 K를 위한 변주』 『돌팔이 의사의 생존법』

파초의 푸른 生을 훔쳐보다가
동백의 붉은 주검을 바라보다가
오래된 습관처럼 가만히 고개를 숙인다.

꽃잎은 시들었고 가시도 무뎌졌는데
나도 모르는 나를 어떻게 증명할 수 있을까.

뼈를 묻다

나는 뼈대 있는 종족이라
오직 뼈의 길이로 삶의 높낮이를 재고
뼈의 단단함으로 살을 짓무르는 척추동물의 후예다

한 가닥 뼈도 없는 흡반의 다리로
온통 삶이 꼬여버린 연체동물과는 근본부터 다르노니,

　대대손손 뼈대 있는 가문이라 무릎 닳아지고 허리 굽을
때까지 쉬지 않고 뛰어가리라 오로지 뼈있는 농담을 주고
받으며 고통의 강을 건너 광활한 바다에 뼈를 묻으리라
황홀한 다리에 곧추서서 오래 버티리라 이대로는 못 살겠
다고 잔뼈가 아우성치고 갈비뼈가 소리쳐도 개뼉다귀 같
은 소리 하지 말라고 찬란한 햇빛을 받아먹으리라 유령
같은 거리에 서서 허명의 빗장뼈를 움켜쥐리라

　천변의 자전거를 타다가
대퇴부 골절상을 당한 용가리 통뼈가
아작아작 멸치 뼈를 씹고 있다

중간 결산

수입보다 지출이 더 많다

머리숱은 줄고 배둘레는 늘었다
혈압이 오르고 당 수치도 간당간당하다

겉은 멀쩡한데
내면의 몰골은 처량하다

감정의 찌꺼기가 혈관에 남아
소소한 일상에도 뒷목이 뻣뻣해진다

조금만 관심이 떨어져도 오금이 저리고
신용불량의 빈 허리엔 마찰음이 요란하다

잔고장이 많아
수시로 지갑을 보충하고 스마트폰을 충전한다

사이드미러엔
솔깃한 명함이 따라붙는다

스킨십의 온도가 높지 않아
사소한 격려에도 온몸이 팔랑거린다

이마와 뱃살을 어루만져
카톡의 프사를 다시 바꾼다

새벽 존엄은 사라진 지 오래

육십갑자에도
조동버릇은 하나도 버리지 못했다
근시안이라 마음을 살필 여유조차 없다

적자투성이 육신은 원래부터 약골이었다

우는 법을 배우다

생전의 아버지가 충고했다
넌 세상과 맞설 끈기가 부족하구나

사내가 눈물을 보이면 안 되느니라
두 손에 살구를 꼭 쥐여주며 어머니가 말했다

눈시울을 적시는 일은 다반사

말은 각박해지고 눈물샘은 점점 말라가고
그때마다 입술을 깨물었다

아버지 삼우제에
어머니마저 따라가자 눈물 한 방울 남지 않았다

슬픔을 봉합하고도
눈알은 더욱 **뻑뻑**해졌다

인공 누액을 가지고 다니며
우는 법을 다시 배웠다

으악새 슬피 우는 가을에
참이슬을 쏟아부었다

맑은 하늘에 눈물이 핑 돌았다

아버지는 환하고
살구향은 아직 은은하다

서화

본명: 서종호
2015년 『신문예』 등단
한국의사시인회 운영위원
현 참빛병원 가정의학과

우리는 기도할 뿐이다
삶과 죽음이 둘이 아니기를
어리석고 못난 날은 지나고
꽃들의 상처를 만져본다

저녁에 꺾인 꽃, 시가 되어 피어나리

꿈

봄의 증후들
그곳에 눈길 던져
꿈을 낚는다

겨우내 얼었던 말들
지천에 널렸는데
물가에 하얗게 핀
당신 모습 보인다

천 개 바람의 말
꽃잎으로 스미어
뿌리에 젖고

남쪽으로 목 내민 꽃
멀리
극락을 보고 있다

야우소회夜雨小懷* 별곡

차가운 빗속에
붉은 달이 뜨고
하이얀 꽃이 피고
머얼리 천둥 치는 밤은
어디서 어린 내음 나는 밤이다

차가운 빗속에
붉은 달이 뜨고
하이얀 꽃이 피고
머얼리 천둥 치고
어디서 어린 내음 나는 밤은

나의 어린 것들
깍두기
책가방, 139번 버스,
몽정, 비 오는 남산, 손편지
왜 사느냐고 묻거든**, 아모레크림 그리고 젊은
엄마가 아득히 그리워지는 밤이다

엄마의 소리가
그리워지는 밤이다

* 야우소회夜雨小懷: 백석의 시.
** 왜 사느냐고 묻거든: 독일 소설가 루이제 린저의 에세이.

신神의 노래

710호 병실 기둥 뒤 3시 방향
하늘이 비추는 곳
부부 다툼 직후 목을 맨 남자
혼수상태로 3년이었네

개구리 울음 같은 가래 소리
등에 꽃무릇 천지
얼굴엔 개쑥갓이 분처럼 피어나고

비수匕首로 꽂혔을 절망,
업보라 하기엔 너무 잔혹했어
아스터꽃의 모습으로 찾아왔던 부인,
이제는 그 모습 볼 수가 없네

피톨로 엉긴 큐피드 화살
오장五臟에 붉게 그어져
절명시絶命詩 한 줄 되었는가

문득 생각이 났지

가뭇없던 카마*의 사랑도
곤고困苦했던 신神의 노래도
하늘로 향하는
그 존엄한 무덤이었다는 것을

* 카마: 힌두교 신화에 나오는 애욕의 신,아낭가(신체가 없는 자)라는
  별명이 있다.

주영만

1991년 『문학사상』 등단

시집 『노랑나비, 베란다 창틀에 앉다』 『물토란이 자라는 동안』

고요에 잠겨있는 풍경風景을 보면 나도 그 풍경風景이 되고 싶었
다. 그 풍경風景이 되어 그 풍경風景의 고요에 잠기고 싶었다. 그
고요에 깊숙이 잠기어 그 고요 너머의 그 바깥에, 그 바깥에 가
닿고 싶었다.

균형 均衡

입추立秋가 지나면서 숲에는 풀벌레 소리가 한층 높아졌다 그리고 가까운 곳에서는, 혹은 먼 곳에서는 아직도 뜨거운 뭉텅이 뭉텅이처럼 매미 소리가 나에게로 왔다 풀벌레 소리가 먼저 오고 매미 소리가 뒤쫓아 오기도 하고 매미 소리가 먼저 가고 풀벌레 소리가 뒤쫓아 가기도 하고 또 둘이 같이 오기도 했지만 둘은 오지 않는 약속처럼 멀뚱멀뚱 서로 한 몸으로 섞이지는 않았다 매미는 가는 여름을 서러워하고 풀벌레는 오는 가을을 재촉했지만 그러나 여전히 막중한 둘은 서두르지도 않고 결코 서로 밀어내지도 않았다 나뭇잎들 사이로 새어드는 햇볕과 가늘게 지나가는 바람도 아직은 평평하면서 팽팽한 그 균형을 흔들지는 않았다

지난여름 내내,
나는 장마처럼 폭염처럼 나를 너무 몰아세웠다

다시 만나다

밤하늘의 수많은 별 중에서 너와 나는 흘러가고 흘러
오다가 우연처럼, 아니면 우연이 아닌 것처럼 먼발치에
서라도 살짝 다시 스치고 스쳐 지나가면 혼자 가슴 깊숙
이 품은, 그윽하게 일렁이는 수백 개, 혹은 수만 개의 그
동그라미는,

둥근 달덩이처럼, 달덩이처럼 환해지는,

순명順命 4

    밤이 깊어질수록 어둠 속의 달빛은 고요처럼 비밀스럽게 발소리까지 죽이고 까치발로 저 멀리 더듬어 갈 듯 사그라들 듯 천천히, 아주 천천히 멀어져 가고 어둠은 시나브로 마지막 문장文章처럼 비어있는 것처럼 바깥에 가닿은 것처럼 그 경계를 허물고 단순하지만 들숨과 날숨을 모두 닫고 고독하게 서 있는,

    정야靜夜,

최예환

2017년 신라문학대상 시조부문 대상

2018년 『월간문학』 등단

2018년 『좋은시조』 신인작품상

시집 『혀』

봄이면 정원에서 싹이 트고 꽃이 핀다.

그 이름들을 알지 못하지만 자세히 살피면

어찌 그리 사랑스러운지.

마음을 담고 보면 모두가 사랑이다.

세상도 또한 마음을 담아 살필 일이다.

당신이란 정원

하나하나 물어볼 게 행복한 새순들아
한 걸음 다가서는 고만큼 더 알았네

여기서 혹은 저기서
피어나는 내 사랑

이름을 뭐라 하지?
얼마나 더 클 거야?

물어볼 게 많은데 천천히, 그래 천천
만만히 아니더라도
서로 익혀가는 거다

비 뿌리니 좋아라
뿌리 뻗기 좋아라
뻗어 너를 두고두고 만질 수 있어 좋아라
빠알간 입 열리는 날
네 살과 누우리라

비자림 숲

잠시 책 덮어두고 비자림 숲에 가자
마르지 않는 샘물에 살아 숨 쉬는 숲
숨~ 깊이 들이마셔서 숲의 정령 스미게

폰도 잠시 꺼두어 세상과 단절하자
야영하기 좋은 날 벤치 마련됐으니
수프를 끓이는 동안 노래 절로, 나나나

자작나무 지날 때 자작시를 자랑하듯
책장 넘기는 소리, 벌레 책 읽는 소리
책에서 읽었던 길이 거기에 누워있다

비자림엔 비자 없이 출입 허락을 받아
널따란 가르침* 비자낭 둘러보면

몸으로 책을 읽는다
묵은 향기가 있는

* 정진용의 「장자 만나는 숲」에서 인용.

실향

— 구름의 뼈

구름도 뼈가 있어 그 힘으로 날 수 있네

황혼이 짙었어도 기회는 있는 거야

날개를 활짝 펼치는
저마다 꿈이 있듯

기대는 기대다가 기우는 기우일까
발을 동동 구르는 구름이 구름이나

그 뼈로 버티어 겨우
살아내는 남은 자존

실망도 놓지 않으면 회귀하는 연어처럼
물때를 놓치지 않고 신망으로 올지 몰라

깊은 밤잠 못 이루는
닿을 듯 아, 고향 산천

박언휘

2019년 『문학청춘』 등단

시집 『울릉도』

산문집 『내 마음의 숲』 『미래를 향하는 선한 리더십』

『안티에이징 명인 박언휘 의사가 들려주는 안티에이징의 비밀』

『청춘과 치매』 『세상을 바꾼 여성 리더십』 등

현재 박언휘 종합내과 원장, 한국노화방지연구소이사장,

박언휘 슈바이처 나눔재단이사장, 한국보훈정책연구소 이사장

무심한 시간의 흐름 안에서

소멸해갈 수밖에 없는 내 가슴에

묻어 두었던 갇힘과 열림,

나의 꿈과 사랑과 아픔을

누군가에게 들려주고 싶다

나지막한 목소리로…

추억

찾지 않아도 문득 날아오는
엽서 한 장의 반가움처럼
긴 갈기를 세우고 안겨 오는 이가 있다

때로는 가문비 나무처럼 꿋꿋하다가도
은사시나무처럼 바스스 떨고 있을
묵혀진 이름이 눈시울에 걸릴 때가 있다.

사노라면 잊힌 그들의 속삭임도
생의 그늘 속에서 삭아만 가는데
커피 한 잔,
안주 없는 소주 한 잔으로도
눈빛만은 읽을 수 있으니

그냥
웃기만 해도 좋은 그대,
세월이 긋고 간 주름 깊은 얼굴일지라도
허름한 지갑 한쪽에 숨겨진 사진처럼
가끔은 꺼내 볼 수 있는 거울 같은 이름들

유토피아

비 개인 하늘만큼
파아란 그곳에는
절망이나 눈물은 살지 못합니다

빛깔 고운 무지개가 있는
결 고운 그 곳에는
희망과 사랑과 행복만이 빛을 가꿉니다

심장에서 울궈 낸 뜨겁게 쏟던 눈물로
피 묻은 손 씻어줄 때
나의 기도는 침묵 속에서 웃고 있습니다

행복한 여백

바람을 차고 오르는 솔개 깃처럼
찬란한 아침을 맞는 우리
순박한 맴놀이에
전율하는 하늘을 담아본다

가끔 구름 사이로 내민
꿈일 것 같은 부적을 거머쥐고
지저귀는 새소리
그 날개 위로 마음껏 누벼본다

유채꽃 피고 노랑나비 춤추던
언덕배기 채마밭 고랑으로
얼굴 하나 묻어둔 그 씨앗 같은 희망을 토닥이며
메마른 흙 갈피를 열어본다

거기 앳된 밤하늘 별들은
눈썹을 닫고 잠들어 있는데
손끝에 잡힐 듯 걸린 꿈 조각들만
등불을 켜고 눈썹매 끝에서 흔들리고 있다

아름답게 채색해가는
아침의 창밖에
밤새 다듬질한 모시 저고리처럼
오롯이 내 가슴에 걸린 풍경으로 설레인다

권주원

2016년 『시와정신』 등단

시집 『빨간 우체통』 수필집 『노성산 무지개』

필내음 동인

권내과 의원 원장

3년이 지난, 아니 33년 쌓인

추억들 고이 접어서

내 가슴 한켠에 묻어놓고

이제 새 안주인 맞이하고 싶네

8월의 신부 여울에게

밥 잘 지어 먹으라
뜸 들인
신부 입장 길

한 걸음 걷다
멈춰 서서 마주 보며
"지금처럼 열심히 잘 살아"
"응"

두어 걸음 걷다가
또 멈추어 서로 보며
"아무것도 염려하지마"
"아멘"

서너 걸음 걷다가
다시 멈춰서 얼굴 보며
"먼일 생기면 바로 전화해주"
"！"

존엄사 준비하며 3

월요일 점심때 조흥로즈빌
다시 문병 갔더니 장로님이 "고마워"
침대에 앉아서 우릴 맞으신다

부인 권사님은 걸어 나와 식탁에서
식사하시길 바라신다
너무 무리하시진 말아요

아빠가 아버지
하나님도 아버지
그럼 같은 아버지인가요?
옳지, 그렇기도 하네
그래서 천붕이라 부르나 봐요

하늘나라 얼마나 먼가요?
넓은 은하수 건너
어둔 밤의 뭍별들을 넘어
블랙홀, 화이트홀 통과해도
끝이 안 보이구요

가끔은 뒷산 푸른 소나무
그늘 아래 내려와 앉아 계신대요

시간은 얼마나 걸려요?
따지면 꼭 일생이 걸리지만
마지막은 한 숨간 이래요

행복한 추석을 보내세요

안해의 임종

그늘, 그림자도 없는
일생 열정의 꽃불 여인
밤새 저혈당 빠지더니

앓아눕지도 않고
침대 식탁에 앉은 자세로
조는 듯
자는 듯

넋 나간 남편 앞에서
마지막 한 마디
"출근해야지"
"출근해"

"이 밥 먹이고 나서"
'4일 후 아들 결혼식 어쩌고'

밥알을 입에 물고
씹지는 못하고

건양대 입원 3일
새벽 6시
내 안의 태양이
촛불 꺼지듯

박권수

2010년 『시현실』 등단
시집 『엉겅퀴마을』 『적당하다는 말 그만큼의 거리』
현재 나라정신과 원장

유성의 이팝나무는 봄마다 운다
구경꾼은 새들과 햇살
체한 봄이
잠시 의자에 기대본다

그래그래

병원 대기실 한편 선인장
해마다 붉은 꽃 가지런히 피우더니
사람들 고것 참 고거 참 귀여워하더니
어느 날 주둥이 움푹 파인 얼굴로
쪼그라든다
환하게 웃으려다 다 채우지 못한 붉은 여백
뭉툭 내려앉은 자리마다
에구 이런 에구 이런
주름 가득한 손길 하나
잎 따고 쳐진 몸 훑어내고는
가만히 두 손 모아
몸 포개며 소파에 움츠린 모습

거울엔 보이지 않는 두 송이 꽃이
서로를 닦고 훔치고 있다

노점에 일어난 먼지

도랑에서 돌아오던 병아리 오토바이에 치인다
작은 파닥임
파랗게 질린 감잎들

파 다듬던 할머니 검정 봉지가
바람에 날아간다
무심코 잡으려다 밟고 치고 가는 버스

벽에 기댄 빈자리가 입이 파랗다
삶이 공짜가 아닌 덕에
영영 자리 지키지 못하고

먼지만 풀풀 나는 뒷걸음질
멈춘다
멈춘다 해도 몽땅 던져버린 그 날
비라도 와야 가라앉을 텐데

기억이 닿는 곳까지
— 나리요양원

할머니도 아기처럼 손을 꽉 잡는다
무슨 뜻인지 무슨 말인지
아무 생각이 없다가도
담에 또 봬요 할 때마다
꼭 잡는다
껌벅이는 눈과 남아있는 온기
다음 기약하지 못하고
마디마다 무겁게 내려온다
봄꽃 같은 날들
재차 며칠이냐고 물어보지만
입만 오물거리고
머물 거 같지 않는 시간
몇 번이고 목젖 끝으로 눌러 삼키다가
누울 대로 누워버린 지팡이
함께 자리를 뜬다
손끝에 물든 화선지 여러 겹의 무늬만 남기고
아물지 못한 빈자리
몇 번이고 옷매무새 고쳐 입고

김승기

1996년 『오늘의문학』 등단
시집 『어떤 우울감의 정체』 『세상은 내게 꼭 한 모금씩 모자란다』
『역驛』 『여자는 존재하지 않는다』
산문집 『어른들의 사춘기』 『우울하면 좀 어때』
김 신경정신과의원 원장(영주)

점점 눌변이 되어간다. 이러다 나는 말을 잃어버릴 것 같다. 그게 그것 같은 어설픈 분별들, 名色. 언어라는 옷을 입고 참 위태롭게 서 있다. 밤새 설사처럼 쏟아내던 습작 시절이 신기할 뿐이다. 기꺼운 이 가뭄 속에 발표된 기 세 편을 집어 들며 부끄러울 뿐이다.

진료실에서 길을 잃다

1

가슴이 답답하고 머리가 아파요 더는 같이 살기 싫어
저승 문턱도 몇 번 갔다 왔어요

남편이 의처증이에요 바람은 지가 피면서 약을 드세요
누구보다 힘든 당신과 아내를 위해 약을 드세요 일주일
치 약을 처방했다 간호원 실에서 커피 한 잔 마시는데
여자는 가고 남편이 나를 보자고 한다 순간 오싹했다 뒤
틀리고 좁은 창을 가진 사람들은 집요하고 쉽게 분노한
다 자기를 입원시킨 의사에게 칼을 들고 덤비기도 한다
그는 갑자기 일어서 웃통을 벗고 자기 몸을 보여준다 아
내가 옆에 있어 말을 못 했는데 난 매 맞는 남편이에요
며칠 전 집사람 전화기 밖으로 웬 젊은 사내의 목소리가
들리는 거예요 그리고 가끔 전화 걸다 보면 잘 못해서
녹음되는 수가 있잖아요 "자기 내가 사랑하면 되잖아…"
제 전화로 옮겨 놨는데 한번 들어 보실래요 어떻게 내가
의심을 안 해요 그러면서 술만 먹으면 유리컵을 던지고,
개새끼 씹새끼 합니다 나는 내놓으라 하는 공인 중개사
인데 선생님은 내 얘긴 듣지도 않고… 칼 대신 원망이
나를 찔렀다

2

제가 시동생 시누이 공부 다 가리키고 아파트도 사주고 했어요 좀 싫은 내색하면은 이 집 땅 다 네 거다 하셨어요 그러던 시아버지가 돌아가셨어요 그러자 남편에게 연락도 않고 시골 재산을 오등분해 나누었어요 형제 다수가 동의하면 그럴 수 있다네요 다 좋아요 포기했는데 우리가 현재 농사짓는 복숭아밭이 더 좋다며 소송이 들어왔어요. 남편은 자기도취 성격장애에요 인터넷 찾아보니 딱 맞더라고요 우선순위도 모르고 자기 고집만 부리고 뭐라면 제 생각에 취해 소리 지르고 욕하고 때리고 분노조절 장애에요 애들이 아빠가 들어오면 방으로 들어가 말도 안 해요 근데 내가 무슨 지랄병이라고 나를 여기로 끌고 왔어요 선생님 내가 무슨 정신병이지요…… 궁금한 게 있는데 하루 종일 이런 얘기 다 들으시고 어떻게 푸세요

3

나도 미궁에 빠질 때가 있다. 하늘에 청진기를 댄다

오이디푸스 콤플렉스

　일시에 나뭇잎과 풀들이 사라지고 구불구불 한 뼘 우주가 지나간다. 순간 모두를 제압해버리는 저것은, 날카로운 이빨? 죄를 닮은 색깔과 각진 머리의 날름대는 혀?

　싫건 엄마에게 얻어맞고 벽장 속에 고립된 작은 섬은 무서움을 쫓기 위해 자신의 작은 고추를 세우고 발가벗은 그녀의 아랫도리 불러내곤 했다.

　두렵고 징그럽기도 하지만 자꾸 만지고 싶은 그 금단의 화사花蛇, 밤마다 꿈속으로 기어 나와서 여기저기 꿈틀거린다

　십 년을 넘게 그는, 올 때마다 진료실에다 수많은 뱀들을 풀어놓고 간다.

두 번째 화살에 맞지 마라

얼마나 더 아파야 죽음에 이를 수 있나. 축 늘어진 채 잠깐 졸다가 신음하다가… 16년의 인연을 껴안고 끝내 놓지 않는 여자. 새벽, 어렴풋이 잠결에 반야심경 소리가 들린다. 언제 준비했는지 작게 염이 된 '故 초롱'. 붉은 눈시울을 타고 추적추적 내리는 비. 양지바르고 붉은 꽃이 오래 피는 나무 옆을 택했다. 지치고 흙투성이가 된 나는 뒤 곁에다 삽을 세게 던진다. 남자는 이렇게 운다. 며칠 무거운 정적 속에 앞 마루에 내놓인 보따리 하나! 재생함에 그것을 넣고 너무나 빨리 돌아서는 발길.

그래, 그래, 죽음이라는 검은 천으로 한 삶을 몽땅 덮지는 말자.

조광현

2006년 『미네르바』(시), 『에세이스트』(수필) 등단

시집 『때론 너무 낯설다』 수필집 『제1수술실』 등

현, 온천사랑의요양병원 병원장, 인제의대 명예교수(흉부외과)

문득 정신을 차려보니 벌써 5월이군요. 이 봄이 가기 전에, 더 늦기 전에 좋은 詩 몇 편 꼭 만나야 한다고 다짐합니다. 연일 비가 내리고 바람이 붑니다.

돌계단에 올라

온천천 시민공원 야외 공연장
이끼 낀 돌계단 디디고 오르면
풍금 소리가 난다
도레미파솔라시도

밤새 내리던 비 그치고
바람 매우 부는 날
나는 한 마리 짐승처럼
돌계단 꼭대기에 올라 숨을 고른다

어디서 날아왔나 저 회색의 왜가리는
온천천 흐린 물 한 모금 들이키고
왠지 모를 서러움으로 목이 멘 듯
혼자서 먼 산을 바라보네

문득 콰시모도* 씨를 생각한다
—누구나 지축 위에 홀로 서 있나니
햇살 한줄기 뻗쳤는가 하면
어느새 황혼이 깃들어—

나는 돌연 인생의 계단을 내려오고 있다
도시라솔파미레도
너무 빠르다 무섭다 넘어질 뻔했다
알고 보면 서두를 것 하나도 없는 것을.

* 이탈리아의 시인(1901~1968), 1959년에 노벨 문학상을 받음.

나이 들어 보니

그 옛날
울 아버지 생전에 하시던 말

할 수 있다면 땅을 팔아서라도
우리 아들딸 나이 좀 줄이고 싶다

나이 들어 보니
이제 내 마음도 그렇다.

AI와 함께 밤을

나는 오늘도 노랑머리 AI와 함께한다
40도 열대야 잠 못 이루는 밤에
그녀는 나를 안고 밤의 짙은 안개 속으로
천혜의 청사포 해안으로 날아간다

시원한 바람 얇은 내의를 파고들면
그녀의 은근한 가슴팍에 머리를 박고
2033-00-00
좌표를 찍고 잠이 든다

언덕 위에 새벽 별이 떨어질 때까지
꿈을 꾸었다
검은 머리에 이마가 하얀 여인을 만났다
눈빛 하나만으로 가슴 뛰던 그 여인을
푸른 별 어느 고을 사람의 딸을

왠지 슬픈 꿈
꿈은 항상 싸늘한 금속의 몸부림으로
찰가닥대며

노랑머리가 속삭인다
슬픈 생각은 말아요, 흥분은 금물
지난 일은 모두 잊어버려요
세상은 온통 허구라니까요.

황금알 시인선